Über die Bambusbrücke

Carla Steenberg
Hu Hsiang-fan

Über die Bambusbrücke

Chinesische Miniaturen

Theseus Verlag

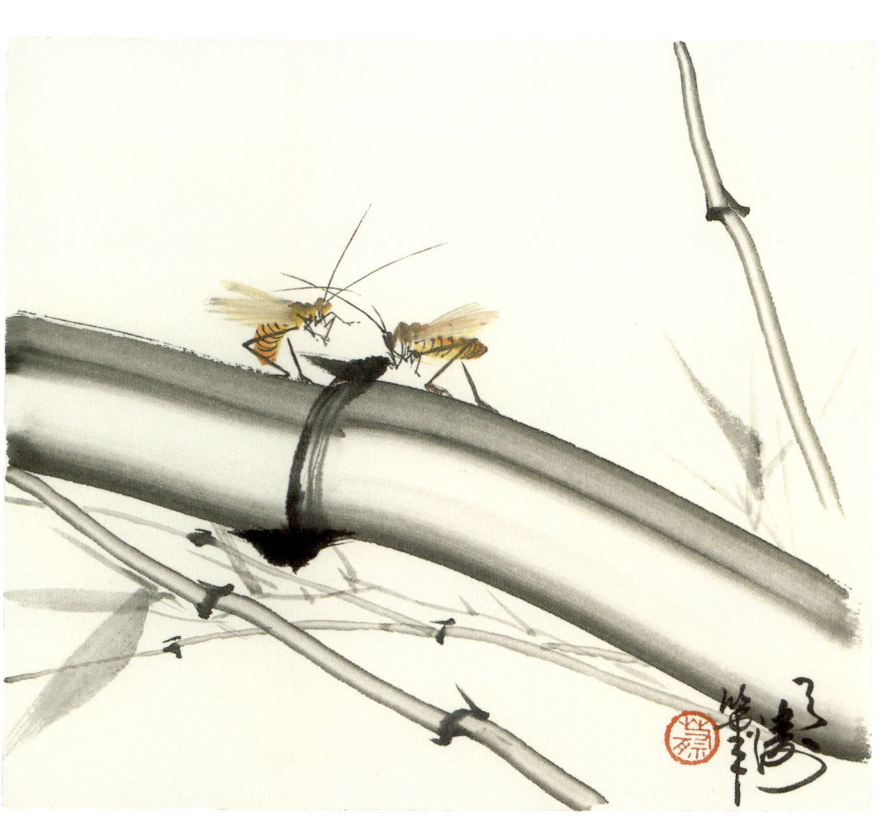

Bambus

Dem Bambus zum Geleit

Das »Riesengras« ist der Menschheit hilfreicher Freund: Symbol für Frieden, Ruhe und Stille, Standfestigkeit und Charakterstärke.

»Wie kann man auch nur einen Tag ohne den Edlen sein« – schrieb ein Gelehrter im 14. Jahrhundert.

Seit Jahrtausenden symbolisiert der Bambus menschliche Tugenden: Bescheiden im Aussehen, dient er dennoch den Menschen in vielfacher Weise. Er gedeiht in kräftigem Wuchs, wohin man ihn auch pflanzt. Sein Stamm ist geschmeidig und biegsam; im Sturm gibt er nach, ohne zu brechen. Sein gerader Wuchs gibt ihm ein vornehmes Aussehen. Er ist genügsam und verliert auch im Winter sein Grün nicht. – So entspricht er dem konfuzianischen Ideal vom Edlen. Auch daoistische Philosophen sehen im Bambus ihr Ideal. Er ist innen hohl, hat ein »leeres Herz«: Nur wer sich innen leer machen kann, ist fähig, Neues aufzunehmen – leer sein heißt frei sein von Begierden. Der Daoist ist jemand, der nicht so sehr danach sucht, was ihm fehlt, sondern der genießt, was er hat. Auf einer Abbildung des »Senfkorngartens« heißt es: Der Bambus gleicht dem Edlen – er bittet gelassen um Zuneigung.

Wenn der Tag erwacht

Letzte Regenschauer noch im kühlen Morgendämmer –
Schlaftrunkener Bambus im grauen Nebelhauch.
Mit leisen Rufen übt ein Pirol sein Lied.
Aus meinem Fenster weicht das Blau der Nacht.

Tsung Wei (Ching-Zeit, 1644 – 1911)

Morgenlied

Morgendämmer nach dem Regen.

Im kühlen Nebel ruht noch der Bambus.

Nur ein Pirol übt sein frühes Lied.

Das halbe Fenster frei von nachtblauen Schatten.

Po Chü-i (772 – 846)
Das »halbe Fenster« bezieht sich auf die Bauweise in alter Zeit, bei der man Papier-
fenster einbaute, die seitlich hin und her geschoben wurden

Grünpflaume und Bambuspferd

Als ich noch Kind war,
brach ich einen Blütenzweig
und spielte draußen vor dem Tor.
Du kamst auf deinem Bambussteckenpferd geritten
zum frohgemuten Spiel
mit Grünpflaume am Brunnenrand.
Wir lebten im Chang-Gan-Dorf unbefangen, wie Kinder sind.

Mit vierzehn Jahren dir vermählt,
war ich so scheu und wagte kaum zu lächeln,
auch ging ich nicht hinaus aus dem Schatten unsrer hohen Mauer,
selbst dann nicht,
wenn du tausend Mal zärtlich meinen Namen riefst.
Mit fünfzehn Jahren konnte ich die Augenlider heben,
und wünschte nur, bei dir zu sein –
auch bei Nebel und in Dunkelheit,
und war nun sicher, du wärest immer mir zur Seite.
So konnte ich die Ehefrauen nie verstehen,
die stets auf den Balkonen ungeduldig ihrer Gatten harren.

Als ich sechzehn wurde, hast du mich verlassen,
weil zu ferngelegnen Orten man dich rief.
Du ginst nach Yan-Yu-Dui – nahe der An-Tang-Schlucht,
wo die Wasser des Yangtse-Stromes
brausen und toben im Fünften Mond.
Sorgen tief im Herzen –
selbst die Makaken haben mein Leid beweint,
und ihre klagenden Schreie stiegen zum Himmel empor.

Dein Fußabdruck von jenem Abschiedstag
ist heute noch zu sehn im Sand vor unserer Tür.
Schon wächst Moos darüber,
so fest verwurzelt, man kann es kaum entfernen.
Herbstblätter fallen – kühle Winde wehen,
selbst der Schmetterlinge Flügel färben sich und werden gelb.
Schmetterlingspärchen taumeln über letzte Blüten –
im Westgarten seh ich neidvoll ihren Spielen zu.
Unbeschützt und hilflos wandre ich von Raum zu Raum
im stillen Haus.
Kummer lässt mich altern vor der Zeit,
und schon schwindet mein »rotes Gesicht«.

Wann immer du heimkehrst von San Ba,
gib mir ein Zeichen, damit ich dir entgegeneile –
wie weit auch der Weg.
Am Langen-Wind-Sand will ich dich erwarten.

Li Bai (701 – 762)
»Rotes Gesicht« ist Zeichen der Jugend.

Die Geschichte von Mutter Wong und ihrem Sohn

Es war einmal – vor vielen, vielen Jahren, da lebte die Witwe Wong mit ihrem kleinen Sohn in einer ärmlichen Hütte am Rande des Dorfes. Es war Winter, als das »Bambuswunder« geschah, von dem alle Kinder im großen China heute noch wissen. In der Familie und in den Schulen hören sie die Geschichten aus den »Vierundzwanzig Pietäten«, so auch die Geschichte von Mutter Wong und ihrem Sohn.

Der Winter wollte kein Ende nehmen, und als ihnen das Brennholz ausging, erkrankte Mutter Wong. Der Sohn war ratlos und traurig, und als seine Mutter gar immer wieder nach Bambussuppe verlangte, von der allein sie sich Heilung erhoffen konnte, wollte der Kummer kein Ende nehmen. Woher sollte man im Winter Bambusschösslinge bekommen? Der Boden war hart gefroren und der Frühling noch so fern. Der Wunsch der Mutter ließ dem Sohn keine Ruhe – Tag und Nacht sann er auf einen Ausweg. Als die Mutter immer elender wurde, die Verzweiflung des Sohnes immer größer, lief er in den nahen Bambushain; er weinte und betete zu allen guten Geistern des Himmels – bis er ganz erschöpft an einem Bambusstamm niedersank.

Seine Augen brannten von seinen heißen Kummertränen, und plötzlich sah er, dass etwas Sonderbares geschah: An der Stelle, an der seine Tränen auf den Boden fielen, taute der Frost – der Boden öffnete sich, und wie in einem Wunder begab es sich nun, dass junge Bambussprossen ihre zarten Spitzen zeigten. Da weinte der kleine Wong noch mehr, aber jetzt waren es heiße Freudentränen – und es dauerte gar nicht lange, da konnte er einen kleinen Korb mit Bambusschösslingen zur Mutter in die Hütte tragen und ihre ersehnte Suppe bereiten. Es vergingen nur wenige Tage und die Mutter wurde gesund.

Aus den »Vierundzwanzig Pietäten«

In der Bucht am Chi-Fluss

Siehst du die Bucht am Chi-Fluss drüben,
wo üppig der jadegleiche Bambus wächst?
Wer poetisch schreibt, sollte ein Edler sein:
Man muss schneiden und polieren,
meißeln und mahlen,
feierlich schreiben und würdevoll –
mit offenem Herzen und stolz.
Wer poetisch schreibt, sollte ein Edler sein:
Nie darf es vergessen werden.

Siehst du die Bucht am Chi-Fluss drüben,
wo üppig der jadegleiche Bambus wächst?
Wer poetisch schreibt, sollte ein Edler sein:
Wie kostbare Steine seien die Worte, dem Chong-er gleich,
sternleuchtender Jade vergleichbar.
Feierlich und würdevoll,
mit offenem Herzen und stolz.
Wer poetisch schreibt, sollte ein Edler sein:
Nie darf es vergessen werden.

Siehst du die Bucht am Chi-Fluss drüben

wo so üppig der jadegleiche Bambus wächst?

Wer poetisch schreibt, sollte ein Edler sein:

Wie reines Gold oder kostbares Zinn fallen die Worte,

fließend und voller Toleranz,

wie eine Kutsche, der man gern sich anvertraut.

Und der Spötter vermeide derben Ausdruck.

Wer poetisch schreibt, sollte ein Edler sein:

Nie darf es vergessen werden.

Volkslied aus Wei (um 5oo v. u. Z.)

Sich in jeder Strophe wiederholende Zeilen kennzeichneten eine alte, eher liedhafte
Gedichtform. Nach der Han-Zeit setzte sich dann die literarische Poesie durch.
Die Zeilen »man muss schneiden und polieren, meißeln und mahlen« sind eine heute
noch in der Alltagssprache gebräuchliche Redewendung, wenn man miteinander
Erfahrungen austauscht.

Nachtlied

Die Wasseruhr im nachtstillen Palast
lässt drei Mal ihren Schlag ertönen –
Kiefer und Bambus wehen im Wind.
Zwei Menschen schweigend in nächtlicher Stille.
Der Worte bedarf es nicht.
Schattenbilder der Bäume wandern –
Stunden kommen und gehen.

Bo Dshü-I (772 – 846)

Holz der Armen – Trost des Himmels

Was wäre der Alltag ohne Bambus? Am Morgen sehen die Menschen die ersten Sonnenstrahlen durch den Bambusvorhang, der auch Kühlung bringt und gleichzeitig vor Ungeziefer schützt. Wohin man schaut in Haus und Hof: Bambus – Bambus – Bambus. Körbe aller Größen. Gefäße zum Dünsten, Garen, Räuchern – der ideale Kochtopfersatz. Von Zahnstochern, Wäscheklammern und Kämmen bis zu den Pantoffeln, Hüten und Schirmen für die ganze Familie. Schlafmatte auf dem Bambusbett – alle Sitzmöbel und Regale – alles wird aus Bambus hergestellt. Hauswände werden in kunstvollen Mustern geflochten, von Bambuspflöcken gehalten, selbst den Dachstuhl hält der Bambus. Der Wasserbüffel hat ein Bambusjoch, und der Karren, den er durchs Reisfeld zieht, ist aus Bambus. Im Bambusrohr lässt Trinkwasser sich lange frischhalten, und auf den Feldern dient es als Rohrleitung.

Holz der Armen – Trost des Himmels.

Auf Bambustafeln ist uns die Bilderschrift der Alten überliefert.

Bambus in der Technik

Auch im technischen Alltag lehrt er uns Staunen:

Als Thomas Edison im Jahre 1882 der Welt das elektrische Licht bescherte, war es ein feiner, dünner Bambusfaden, der endlich seinen »Draht« zum glühen brachte. Alle anderen Materialien in früheren Versuchen hatten versagt. Die ersten Grammophonplatten wurden von Kennern mit Bambusnadeln abgespielt.

Chinesische Ingenieure erzählen, dass die Zugfestigkeit des Bambus ein Stahlseil um das Sechsfache übertrifft. Und so erklären sie das »Geheimnis«: Die Bambusfasern verlaufen ausnahmslos in Längs-richtung, und die beständige Feuchtigkeit bewirkt, dass ein Bambus-seil bei Überdehnung nicht plötzlich reißt, vielmehr allmählich – von Knoten zu Knoten – splittert. Darum verwendet man Bambus auch für den Gerüstbau moderner Hochhäuser. Er ist in seinen Heimat-ländern als Baumaterial sehr beliebt, weil er zu viel günstigeren Preisen erhältlich ist als Stahl. Die Yangtse-Schlepper benutzen noch heute Bambusseile, die auch den scharfen Felskanten lange wider-stehen.

Pflaumenblüten

Die Bambushütte noch in tiefem Schnee,
verweht der Pfad im Wald.
Ein zarter Duft entströmt den Blüten
bevor noch Frühlingswinde nahen.

Chiang Hsi-chien (1662 – 1730)

Lila Bambus

Kleiner Bao-Bao,
schenk dir einen lila Bambusstecken,
gerade und schlank, rund und ohne Ecken.
Kleiner Bao-Bao, mach eine Flöte mir zum Dank.

Flöte kommt zu deinem Mund
und dein Mund zum Flötenrund.
Flöte wird ein neues Lied dir singen,
wird so schön in deinen Ohren klingen.
Kleiner Bao-Bao, liebes Kind –
iju – iju-ji, lern das neue Lied geschwind.

Kinderlied

Bambus

Himmelan strebend,
anmutig zartes Hoffnungsgrün.
So schwingt er federnd im Wind.

Sich beugend – nie brechend,
wenn der Sturm vorüberbraust.
Leise zittern seine schmalen Blätter,
flüstern Melodien in den Sonnentag.

Bambus – himmelan strebend,
anmutig zartes Frühlingsgrün.
Unbeugsam, würdevoll im kalten Licht des Mondes.
Silbrig schimmern seine schmalen Blätter,
Hoffnungsglanz in dunkler Nacht.

Nancy Chang-Ing (1972)

Bambus in der Medizin

Shen Nung, der legendäre Pharmakologe Chinas, wird als »Gott der Apotheker« verehrt. Er lebte von 2829 bis 2698 vor unserer Zeitrechnung und erforschte die Heilwirkung der Pflanzen. Er hat den Holzpflug erfunden und lehrte die Menschen Viehzucht zu betreiben. Er erkannte den Vorteil, Waren zu tauschen, und führte den ersten Markt ein. Seine Rezepturen sind bis in unsere Tage überliefert, so auch die Bedeutung des Bambus in der Heilkunde. Dieses vielseitige »Gras der Welt« gehört botanisch zur Familie der Gramineae (Süßgräser) und zählt mit seinen 120 Gattungen und mehr als 1000 Arten zu den bedeutendsten Pflanzen der Erde. Abgesehen von seinem Nutzwert im Alltag, wird seine Bedeutung für die Medizin in allen entsprechenden Schriften durch die Jahrhunderte immer wieder hervorgehoben. In seinen Knoten (Internodien) bildet sich Bambuszucker. Dieser besteht aus Kieselsäure, die in zahlreichen Medikamenten verwendet wird. Auf Bambusmedikamente als Heilmittel bei fiebrigen Erkrankungen, speziell bei Bronchitis, wird häufig hingewiesen. Bambus enthält Kalzium, Eiweiß, Phosphor, Proteine, Karotin, Riboflavin und Askorbinsäure. Auch Insekten kennen seinen Nährwert. Sie durchbohren die Außenwände und ernähren sich von dem nährstoffreichen Inneren. Nur in einer der 1000 verschiedenen Arten findet man zuweilen Würmer im Stamm, aber immer nur zwischen zwei Knoten, was man sich bis heute nicht erklären kann. Winzige Löcher in der Außenhaut des Stammes zeigen das an, und wenn man dann auch den ganzen Stamm fällen muss, geschieht das mit großer Freude, denn die winzigen Würmer gelten als seltene, sehr nahrhafte Delikatesse. Mit etwas Sojasauce und allerlei anderen Gewürzen gegrillt, werden sie von Kennern mit großem Genuss verspeist.

Der Wind

Frag ich den Himmel, Heimat des Windes,
wie sieht er aus – der Wind?
Aufsteigend aus der Erde Ruhestatt,
bewegt sein Fuß noch das Meer,
erhebt stolz er sein Windhaupt, die Wolken.

Sein Windleib rauscht im Bambushain,
formt Baum und Strauch,
formt Wellen und Dünen mit starken Armen.
Sieht er so aus – der Wind?

Wenn er im Feuerwagen seine Bahnen zieht,
sturmbrausend Weltenkräfte kündend,
schenkt er sein Lied in bizarren Flammen
aus seinem Urquell – der Sonne.

In tiefer Stille ein ahnend Beben.
Ist so sein Bild?
Ist Stille die Heimat des Windes,
oder das leise Beben unsres Herzens,
das den ersten Windhauch ahnend spürt?

Sehnend – ahnend,
was der Wind uns kündet:
Wind ist neues Leben,
Odem des Alls.

Carla Steenberg

Bambus im Schnee

Tanzende Flocken wirbeln hernieder,
hüllen den Bambus in weißes Winterkleid.
Schwer wie Brokat legt sich Schicht auf Schicht.

Kein Windhauch in der dunklen Nacht,
der seine silbergrünen Blätter von der Last befreit.
Da neigt der lange Stamm sich tief zur Erde nieder
in Demut und Geduld der Sonne harrend,
die ihm Erlösung kündet.

Carla Steenberg

Bambus in der Geschichte der Fächer

Fächer zu tragen, um sich zu kühlen, hat lange Tradition. Fächer sind aber auch Symbol für Sich-Entfalten, Weiser-Werden, und sie sind aus Kunst und Kunsthandwerk nicht mehr wegzudenken. Man gibt einen Fächer als Glückwunschgeschenk. In frühen Tagen schon trugen die Mönche, die keine Waffen haben durften, einen Bambusfächer zur Abwehr böser Wegelagerer. Und sie entwickelten eine ganze Folge von Übungen für den Kampf mit dem Fächer. Runde Fächer sind seit der frühen Tang-Zeit (618 – 713) bekannt, der Faltfächer kam dann erst im 11. Jahrhundert über Korea aus Japan ins Reich der Mitte.

Kunstvoll werden sie gearbeitet aus Bambus, Seide, Papier, Federn oder Palmblättern, und die Rahmen werden, wenn nicht aus Bambus, dann aus Horn, Knochen, Elfenbein oder Sandelholz gefertigt. Für besonders kostbare Fächer verwendet man auch heute noch Lack, Perlmutt oder Schildpatt. Seit der Sung-Dynastie (960 – 1279) haben Maler Seiden- oder Papierfächer mit ganzen Landschaften, mit Blumen und Vögeln dekoriert. Auch die Griffe und Rippen der Rahmen wurden bemalt oder prachtvoll geschnitzt. Man schrieb Gedichte in kunstvoller Kalligraphie auf die Fächer, und einer von ihnen machte Geschichte:

»Herbstfächer« ist ein aus der Poesie bekannter Begriff, der sich bis in unsere Zeit im modernen Sprachgebrauch erhalten hat. Im Herbst, wenn die heiße Zeit vorüber ist, wird der Fächer für die nächsten Monate beiseite gelegt. »Herbstfächer« kennt man nun aber auch aus der Geschichte als Bezeichnung für eine von einem Mann verlassene Frau: Pan Chao, Favoritin eines Han-Kaisers vor 2000 Jahren, war enttäuscht und missgestimmt durch die heimliche Botschaft eines Eunuchen, der Kaiser werde künftig einer neuen, jüngeren Konkubine seine Gunst schenken. So schrieb sie ein selbst-verfasstes Gedicht auf einen Seidenfächer, den sie der Majestät über-bringen ließ. Wie ein Lauffeuer sprach sich herum, was geschehen war, war es doch ein in der damaligen Gesellschaft skandalöses Ereig-nis: Von einer Frau, die einem geliebten Mann in aller Öffentlichkeit einen Vorwurf macht, hatte man noch nie gehört. Für die Öffentlich-keit war es ein Skandal; insgeheim bewunderte man Pan Chaos Mut. Hinzu kam, dass auch die Gelehrten anerkennen mussten, dass sie mit ihrem Poem eine neue Gedichtform kreiert hatte. Ihr Gedicht und die ausführliche Schilderung ihres »Herbstfächers« sind uns überliefert, ob es ein Bambusfächer war, wird nicht berichtet.

Herbstfächer – Lied und Klage

Makellos wie Schnee und Eis

ist meine weiße Seide – die aus Chi.

Geschnitten hab ich sie zu einem He-Han-Fächer,

und der Fächer ist vollendet rund – dem Vollmond ebenbürtig.

Ich gab ihn Euch – im Ärmel habt Ihr ihn getragen –

die Bewegung gab Euch die ersehnte Kühlung.

Schon fürchte ich das Mondfest nahen.

Kühle Winde wehen nach den schwülen heißen Sonnentagen.

Dann wird der Fächer Euch wohl nicht mehr dienen,

unsere Liebe wird zerbrechen,

und wir werden auseinander gehn.

Pan Chao (Han-Dynastie, 206 v. u. Z. – 220 n. u. Z.)
Chi ist ein Ortsname im heutigen Shandong; He-Han bedeutet freudige Begegnung.
Die runde Form symbolisiert die Ganzheit, auch das Zusammenkommen der Familie.

Bambus ist Musik

»Mit Flötentönen aus Bitterbambusrohr ordnete Huang Di die Welt.« Wie die Syrinx in der Antike bereits bekannt und beliebt – von Pan, dem mythischen Gott der Hirten erfunden, bestand auch die chinesische Bambusflöte aus mehreren verschieden langen aneinander gelegten Längsflöten aus Rohr oder Bambus, einem der ältesten und in allen Kulturen der Erde bekannten Musikinstrument. Noch älter als die Panflöte ist nur die ägyptische Nay, 5000 Jahre früher datiert. Ebenfalls aus Bambus gefertigt sind die chinesische Sheng, eine Mundorgel, die japanische Kerbflöte Shakuhachi, die koreanische Taegum und, als Saiteninstrument, die Vahelia auf Madagaskar.

»Es singen des Bambus filigrane Zweige – Bambus ist Musik«, sagten die Alten.

»Wenn der Wind in Bambusblättern seine Frühlingslieder singt«, heißt es im »Buch der Lieder«, vor 3000 Jahren geschrieben.

Wenn der Bambus blüht

In der Ferne Abendwolken,
dunkle Schatten – tödlicher Widerschein
aus dem Bambushain.

Silbrige Blätter wispern im Wind,
flüstern von Blühen und Welken.
Wenn der Bambus blüht,
verstummt sein Rauschen weit im Raum.

Silberne Wolken am Himmel,
dunkle Schatten am Hang.

Wenn der Bambus blüht,
verstummt sein Gesang.

Carla Steenberg

Mein Bambushaus

Ein schlichtes Mahl und ein leichtes Gewand –
man ist freier als Du-Fu, der Dichter bei Hofe.
Am Hausaltar betet dein Weib,
am Kohlebecken webt die Tochter ihr Tuch.

Blätter fallen von hohen Bäumen,
im kalten Strom spiegelt sich der Mond.

Stille unter dem Bambusdach –
kein Laut stört unsere menschenferne Einsamkeit.
Räucherkerzen brennen,
ihr Gewölk kräuselt Wünsche in den Raum.

Shen Chou (1427 – 1508)

Malakun der Starke und Magenda die Schöne

Sinnend sah der Himmelsherr auf die Erde hinab: Er sah blühende Wiesen, kristallklare blaue Seen, mächtige Berge und grünende Wälder; aber überall war es geisterhaft still. Schlangen bewegten sich lautlos durch dichtes Moos, seltsame Tiere waren zu erkennen, aber sie irrten herrenlos umher. Es war niemand da, sie zu zähmen und zu schützen.

Da erkannte der Herr des Himmels, dass etwas geschehen müsse, um das Leben auf der Erde zu ordnen, und er versank in nachdenkliches Schweigen. Wie könnte die Erde geordnet werden – liebevoll, ohne Kampf, ohne Hass und ohne Neid?

Der Himmelsherr erwachte und erkannte den Bambus: Einen hoch gewachsenen, stolzen Stamm erwählte er zum Urvater der Menschen. Er nannte ihn »Malakun, der Starke« – und gab ihm »Magenda, die Schöne« zur Seite.

Malakun und Magenda zeugten die ersten Menschenkinder auf Erden; und da Bambus Urvater und Urmutter war, hatten die Kinder

alle Tugenden des Bambus: Sie waren aufrecht und edel, waren fried-
fertig und bescheiden im Wesen sowie biegsam in den Stürmen des
Lebens.

Und der Herr des Himmels sah, dass es eine gute Menschenwelt war,
die er geschaffen hatte, und war es zufrieden.

Eine malayische Legende

Herbstnacht in den Bergen

In den unbewohnten Bergen
eine Herbstnacht nach dem Regen.
Strahlender Mond über Wäldern,
kühlender Wasserfall am Fels.
Wenn die Wäscherinnen heimwärts gehen,
hört man ein Tuscheln und Flüstern im Bambushain.

Zitternde Lotosblüten um die Fischerboote.
Wenn auch Frühling und Sommer vergangen,
bleiben die jungen edlen Ritter doch zur Rast.

Wang Wei (699 – 759)

Im Herbstmond wird der Bambus gelb

Unter azurblauem Himmel
Leuchtkäfer in den Gärten der Sommerresidenz.
Bambusblätter vergilben.
Auf den Teichen hauchdünnes Eis,
und die Lotosblüten sterben.
Mondstrahlen spiegeln
goldenen Glanz auf Tore und First.
In den Höfen und Gärten Leere.
Herbstblätter weben bunte Brokate
in den langen stillen Alleen.
Raureifbilder in den Lüften.
Kein Palastwächter kündet den Morgen –
nur Vogelschrei über den Bronzebrunnen.
Bambusblätter fallen.

Li Bai (701 – 762)

Bambus, Blüten und Fels

Zarte Blätter in Spätsommerfarben –
Im Bambushain Herbstmelodie.
Kühle Brisen im Abenddämmer –
Frostige Morgen
vergolden meine Einsamkeit.

Yun Shou-ping

Bambus im Winter

In tiefer Stille neigt der Bambus
seine schneebeladnen Zweige.
Kein Laut stört dieses Bild.
Wie im Gebet geneigt zur Erde hin,
die alles gab: den Samen und den Keim,
die Schönheit und den Sinn.

Carla Steenberg

清翠高節

壬戌 軒昂甫

Die Tränen der Konkubine

Vor mehr als 4000 Jahren regierte Herzog Shun. Seine Jugend war überschattet von einem bösen Vater, der seinen von einer zweiten Frau geborenen Sohn ihm vorzog, ja ihm sogar nach dem Leben trachtete. Die vom Vater gedungenen Häscher aber waren von der tiefen Pietät Shuns so beeindruckt, dass sie den Vater baten, sie von diesem Auftrag zu entbinden. Shun begegnete sowohl seinem bösen Vater als auch der ebenso herzlosen Stiefmutter allzeit mit größtem Respekt und ehrfurchtsvoller Sohnesliebe, so dass schließlich auch der Vater seinen Plan bereute.

Im ganzen Land sprach man von dem edlen, tugendhaften Charakter Shuns, und so drang sein guter Ruf auch an den Kaiserhof. Kaiser Yao wurde auf ihn aufmerksam – und da er selbst einen weniger pietätvollen Sohn hatte, lud er Shun in seinen Palast und ließ ihn von den besten Lehrern und Hofbeamten darauf vorbereiten, nach ihm den Thron zu besteigen. So wurde Shun Kaiser von Tsang Wu. Yao gab ihm seine Tochter als Gemahlin und zwei seiner schönsten Konkubinen für den »Palast der Frauen«.

Shun war ein guter Herrscher, bei seinen Untertanen im ganzen Land ebenso beliebt und geachtet wie in seinem Hofstaat. In der Legende heißt es: »Er, der alles wusste und alles sah«, habe zwei Pupillen in jedem Auge.

Bei seinem Tod weinten Hauptfrau und die beiden Konkubinen so jammervoll, dass man meinen konnte, ihr Tränenfluss höre nie mehr auf. Shun ging in die Geschichte ein als einer der »Drei großen Kaiser«, und zur Erinnerung an die treuen Frauen des Herrschers nennt man noch heute gesprenkelten Bambus »Tränen der Konkubinen«.

Eine Legende

Die sieben Weisen vom Bambushain

»Die sieben Weisen vom Bambushain«, eine Gruppe von Dichtern und Exzentrikern, die zu Anfang der Chin-Zeit (265 – 419) lebten und sich der Gesellschaft verweigerten, repräsentierten die neuen gesellschaftlichen Ideale. Der Mensch und sein Charakter wurden nun in Philosophie und Kunst wichtiger als Begabung und äußerliche Verdienste. Der Vergleich mit Bambus wurde stets als Ausdruck eines noblen inneren Wesens verstanden.

Die Darstellungen der »sieben Weisen vom Bambushain« sind auf Ziegelsteinen eingraviert; in späteren Zeiten gibt es noch weitere Abbildungen, aber immer werden sie in gleicher oder sehr ähnlicher Pose gezeigt:

Xi Kang spielt Laute, der Dichter Ruan Ji hört ihm zu, Xiang Xiu und Wang Rong erfreuen sich an der Dichtung, Shan Tao und Yuan Xian spielen Schach, und Liu Ling genießt seinen Wein – poetische Bilder, wie man sie durch alle Zeiten in der traditionellen chinesischen Literatenmalerei finden kann.

Guan Yin – Legende der Göttin der Barmherzigkeit

Avalokiteschvara oder auch Padmapani hieß eine im indischen Raum einst männliche Gottheit, die später unter dem Namen Chenrezig zur Schirmherrin des tibetischen Buddhismus wurde. Der Dalai Lama gilt als Verkörperung dieser Gottheit. Im chinesischen übersetzte man diesen indischen Namen mit »Derjenige, der auf die Laute der Welt hört«. Dem altindischen Schönheitsideal entsprechend, wurde Avalokiteschvara immer mit betont weiblichen Zügen dargestellt, mit weichen Formen und einer betonten Brust, und das mag vielleicht auch ein Grund dafür sein, dass man diese Gottheit dann später, als im dritten Jahrhundert der Buddhismus aus Indien nach China kam, für eine Göttin hielt: Guan Yin, die Inkarnation des Avalokiteschvara.

In der chinesischen Legende war sie die dritte Tochter Chuang Wans, des Regenten des Nördlichen Königreiches (Chou-Dynastie, 696 – 681 v. u. Z.). Entgegen allen Regeln der damaligen Gesellschaft weigerte sie sich zu heiraten. Das war in alter Zeit ein grober Verstoß gegen alle Regeln der Pietät; eine derartige Angelegenheit hatte es im ganzen Reich noch nie gegeben. Aber alle Beschwörungen und alle Überredungskünste des Vaters blieben ohne Erfolg – die unbeugsame Tochter setzte ihren Willen durch und beschloss, ihr Leben in klösterlicher Abgeschiedenheit ganz »dem Himmel zu weihen«. Sie trat ein ins »Kloster des weißen Vogels« – Lung Shu Hsien. Ihr Vater, als oberster Gebieter auch über alle Klöster, wies die Nonnen an, seine Tochter nur niedrigste Arbeiten verrichten zu lassen und sie strengsten Exerzitien zu unterziehen, in der Hoffnung, dass sie reumütig in die Familie zurückkehren werde. Aber er erreichte sein Ziel nicht. So befahl er, sie mit einem Schwert zu töten. Aber das Schwert zerbarst in tausend Teile, ohne die junge Nonne zu verletzen. So befahl er seinen Häschern, sie im Schlaf zu ersticken und in die Unterwelt zu bringen. Der Herr der Unterwelt, ein allmächtiger Höllengeneral, bangte um den »guten Ruf« seiner Hölle, in der eine so edle Seele Mitbewohnerin werden sollte, dass er sie zwar von den Häschern in Empfang nahm, aber kaum dass jene das Höllentor verlassen hatten, die Nonne schleunigst wieder in das irdische Leben zurück beförderte. Und nun geschah das erste in einer Reihe von Wundern, die von Guan Yin überliefert sind: Sie kehrte, auf einer Lotosblüte sitzend, nicht in ihr Kloster zurück, vielmehr führte ihr »Himmlischer Erdenweg« sie auf die Insel Pu'to bei Ning Po – wo sie viele Jahre lebte, Armen Trost spendend und Kranke heilend. Man nannte sie nicht mehr mit ihrem Namen »Miao Shan«, sondern nur noch »Göttin des Südlichen Meeres«. Als Miao Shan hörte, dass ihr Vater schwer erkrankt, ja völlig erblindet, sei und sein Augenlicht nur wiedergewinnen könne, wenn er einen Menschen fände, der ihm eines seiner Augen opferte, vergaß sie alles, was der Vater ihr einst angetan hatte. Miao Shan ahnte, dass er kaum einen Menschen finden würde, der zu einem solchen Opfer bereit sei, und ließ ihm eines ihrer eigenen Augen bringen. Der Vater wurde wieder sehend, und er betete nun Tage und Nächte für Miao Shan. Der Himmel erhörte ihn und schenkte Miao Shan ein neues Auge. Der Vater ließ eine lebensgroße Statue mit tausend Armen und tausend Augen für seine pietätvolle Tochter errichten. Seit jenen Tagen wurden immer wieder und überall im ganzen großen Reich Statuen zu ihrem Gedenken errichtet, und als die ersten christlichen Missionare nach China kamen, glaubten sie, in diesen Statuen – häufig mit einem kleinen Kind im Arm – die christliche Muttergottes zu erkennen. Guan Yin, die Göttin der Barmherzigkeit, wird in der Malerei immer mit einem Bambus- oder einem Weidenzweig dargestellt, sitzend vor einem Bambusbusch – Symbole für göttliches Wesen und Edelmut.

Bambus in der Malerei – Bambus als Leitform in der Kalligraphie

»Bambuspapier beflügelt die Phantasie des Künstlers.«

Ein guter Maler kennt nicht nur seine Pinsel, Tusche und Reibstein genau, auch die Saugkraft seines Ebenholz- oder Bambuspapiers muss er sorgfältig studieren.

Das sind die »Vier Schätze in der Gelehrtenstube«. Mit diesen »Vier Schätzen« malt der Künstler, schreibt der Literat.

»Man malt auf dem Wasser, in Wolken und Wind« – das Papier ist wie Wolken, der Pinsel der Wind.

Die Darstellung von Bambus auf Seide und später dann auch auf Papier gemalt, ist uralter Brauch. Bis zur Tang-Zeit malte man Bambus immer mit grüner Tusche, aber Kaiser Tang Ming Huang (Tang-Dynastie, 618 – 907) befahl eines Tages seinen Hofmalern, Bambus fürderhin nur noch mit schwarzer Tusche zu malen, hatte er doch in einer Vollmondnacht meditierend, den Bambus vor seiner Terrasse auf den weißen Papierfenstern nur in schwarzen Schattenbildern bemerkt. In ganz China malte man seither den Bambus immer nur mit schwarzer Tusche.

Von dem berühmten Dichter und Maler Su Dung Po ist jedoch überliefert, dass nach ihm der Bambus auch farbig gemalt wurde. Man erzählte, er habe eines Tages, in seine Malerei versunken, gar nicht bemerkt, dass seine schwarze Tusche schon verbraucht war, als er gerade noch einen Bambuszweig malen wollte. Er griff zu seinem roten Korrekturpinsel und malte den Zweig in roter Farbe. Freunde besuchten ihn, sahen seinen roten Bambus und fragten überrascht, warum er Bambus rot male? Statt zu antworten, fragte Su Dung Po: »Und bitte, warum malt ihr Bambus schwarz?« »Das Wesen ist wichtig, und nicht Form und Farbe«, sagen die Literatenmaler.

Diese Betrachtungsweise wurde durch eine Geisteshaltung stark beeinflusst, die in der Sung-Zeit (960 – 1270) im Ch'an-Buddhismus (Zen) starken Widerhall fand und ganz besonders von den Literaten in der Malerei betont wurde. So entstanden die »Kunst des Weglassens« und die »Freude an der Tusche«. »Weglassen« bedeutet nicht nur »leeren« Raum im Bild schaffen, vielmehr auch »abstrahieren« oder »vereinfachen«. Die bekanntesten Motive für diese Malrichtung sind Pflaumenblüten, Bambus, Orchideen und Chrysanthemen – die »Vier Edlen«, in China immer Symbole für Bescheidenheit, Schlichtheit, Edelmut und Beständigkeit. Ihr Wesen zum Ausdruck zu bringen ist wichtig, nicht das Äußere. In den Anweisungen, Blätter zu malen, heißt es: »Orchideenblätter sind lang und schmal, um sie zu malen, bedarf es einer ruhigen Hand. Orchideen malt man in behaglicher, frohgemuter Stimmung. Bambusblätter sind kurz und breit, um sie zu malen, braucht man Tempo. Man malt Bambus, wenn man zornig ist.« In alter Zeit galten Philosophie und Poesie als eine Hauptbeschäftigung – die Malerei nur als reine Liebhaberei: »Shr dshr yü«, sagt man, und das heißt so viel wie »Rest der Literatur«. Wen Tung, ein berühmter Poet in der Sung-Zeit, war auch als Bambusmaler bekannt, und seine Bilder waren sehr begehrt. Freunde und Bekannte kamen zu ihm, brachten Seide und baten ihn, Bambusbilder für sie zu malen. Schließlich wurde ihm das sehr lästig, und immer wenn wieder so ein Gast auftauchte, warf er die mitgebrachte Seide wütend auf den Boden und sagte dem Besucher, als Putzlappen könne er eine solche Seide gerade gut gebrauchen. Das sprach sich zwar herum, hinderte die Menschen aber keineswegs, ihn immer wieder um Bilder zu bitten, bis schließlich seine nahen Freunde ihm rieten, die Wünsche doch zu erfüllen oder der Ärger werde kein Ende nehmen. Der Meister sprach: »Hört meine Freunde: Ich malte immer dann Bambus, wenn ich mich nicht wohl fühlte – man malt Bambus in kurzen schnellen Pinselschwüngen – das tut wohl und lässt einen Zorn und Kummer vergessen, alles Missbehagen schmilzt dahin wie Schnee unter der Sonne. Nun bin ich gesund, fühle mich wohl, warum will man mich zwingen, immer wieder Bambus zu malen!«

Spätestens seit dem 10. Jahrhundert schmückten auch die Äbte der Ch'an-Klöster (Zen) in China und auch in Japan ihre Räume mit Bambusbildern. Immer wieder wird in der Literatur der Malerei darauf hingewiesen, dass Bambus als einer der »Vier Edlen« gemeinsam mit Pflaumenblüte, Orchidee und Chrysantheme die vier Jahreszeiten symbolisiert, und als einer der »Drei Reinen« zusammen mit »alten Bäumen und Felsen« oder »Pflaumenblüten und Felsen« mit höchsten ästhetischen und ethischen Grundsätzen assoziiert wird. Aus der Literatur, und vor allem der Poesie, ist weithin bekannt, dass gerade die Ch'an-buddhistischen Mönche und Gelehrten tiefstes Verständnis und eine geradezu innige Zuneigung und Verehrung des Bambus in ihrer Kunst zum Ausdruck brachten. »Die Reinheit des Felsen, wie könnte sie der Reinheit des Bambus gleichen«, schrieb ein Ch'an-Priester im vierzehnten Jahrhundert. Und der große Poet Su Dung-po hat gesagt: »Man kann sich zwingen, kein Fleisch mehr zu essen, aber wie könnte man je ohne Bambus sein!«

Der erste Schnee

Erwachend spür ich Kälteschauer,
auf meiner Lagerstatt bebend.
Die Augenlider hebend,
seh ich einen linden
weißgrauen Schimmer vor dem Fenster:
Der erste Schnee ist heut gefallen
auf Bäume und verdorrte Wiesen.
Und am Teich von Zeit zu Zeit
neigt sich tief der Bambus.

Bo Dshü-I (772 – 846)

Chrysantheme

Chrysantheme als Sinnbild

Die Chrysantheme ist Herbstblume, die letzte Blume im Jahresablauf. Ihr Welken heißt Abschied nehmen von den Blumen. Chrysanthemen wachsen im Frühling, gedeihen im Sommer und blühen im Herbst. Sie widerstehen dem ersten Winterfrost; ihre welken Blätter trotzen der Kälte und fallen nicht. Auch ihre Blütenblätter trocknen, ohne zu fallen. Ihr Geschmack ist bittersüß. »Ihr Wirken ist friedlich, ihr Schicksal ist bitter: Lieber tapfer dem Frost trotzen, als demütig zu fallen«, sagte Tao Yuan-ming, der bedeutende Dichter und Chrysanthemenfreund (365 – 425).

Aus *Kunst der Stille* von Hu Hsiang-fan und Carla Steenberg

Aus alten Quellen

In der chinesischen Sprache heißt Chrysantheme *dshü hwa*. Der Begriff *dshü*, zwar anders geschrieben, aber gleich betont, heißt: sich beugen, sich verneigen. Die *dshü hwa*, die letzte noch blühende Blume im Herbst, »verneigt« sich Abschied nehmend vor den Menschen – nach ihr blüht keine mehr – der Himmelsvorhang fällt.

Die Alten sagten: Vor einem Menschen, der das siebente Jahrzehnt erreicht, tut sich der »Chrysanthemengarten der Weisheit« auf. Die Chrysantheme ist Symbol für den »Herbst des Lebens« – die ältere Generation ist die »Generation der Chrysanthemenzüchter«.

Symbol des Mittherbstes und des Frohsinns. Seit Beginn der Republik – 1912 – sieht man Chrysanthemen überall; an Uniformkragen in der Armee, auf Auszeichnungen, Orden, und sie wurde so zu einer neuen Nationalblume. *Dshü* ist auch lautgleich mit »verweilen« – die Chrysantheme ist die Blume des 9. Monats und die Neun, *chiu*, wiederum lautgleich mit »lange Zeit« – so ist sie auch Sinnbild der Dauer und eines langen Lebens. Am 9. Tag des 9. Monats (bei uns Oktober) ist der günstigste Tag, sie zu pflücken und aus ihren Blüten einen Tee zu bereiten. Chrysanthemenblütentee wirkt beruhigend als Abendtrunk und ist in der Augenheilkunde bekannt als Stärkungsmittel.

Im Chrysanthemengarten

Menschennah die Hütte,

weder lärmende Wagen noch stampfende Rösser,

da fragt man, wie das kommen mag?

Ist Ruhe im Herzen, scheint auch die Hütte in Stille.

Am Ostzaun pflück ich meine Chrysanthemen,

und erblicke in weiter Ferne den Südberg.

Goldbeglänzte Berge im Abendschein

weisen Vogelscharen den Heimweg.

Immer liegt in allem ein tiefer Sinn.

Nennen wollt' ich ihn,

doch hab ich die Worte verloren.

Tao Yuan-ming (365 – 427)

Die Chrysantheme

Prachtvoll erblühen Chrysanthemen,
beglückend, wenn sie vom Tau benetzt.
Ein Becher edlen Weines trägt mich hinaus
aus dem Staub der Welt.
Ist der Becher geleert, neigt sich die Kanne.
Aus dem Abendhimmel Vogelschrei.
Mensch und Tier erwarten die tröstende Nacht.
Meilenfern alle Unrast des Tages –
Der Lärm der Welt verhallt.

Tao Yuan-ming

Chrysantheme in der Malerei

In der Malerei begegnen wir häufig einer Kombination von Kiefer und Chrysantheme (*sung chü yu ts'un*) – man schenkt ein solches Bild zum Geburtstag mit dem Wunsch für ein langes Leben.

Aus den Epigrammen des Chang Ch'ao – 17. Jahrhundert:

»Hüte dich, dass du Blumen nicht welken, den Mond nicht am Horizont versinken, und schöne Frauen nicht in ihrer Jugendblüte sterben siehst.

Sehen aber musst du: Wenn Blumen erblühen, nachdem man sie gepflanzt hat; wie der Mond voll wird, nachdem man lange auf ihn gewartet hat; wie ein Buch vollendet wird, nachdem man zu schreiben begonnen hat; schöne Frauen aber musst du sehen, solange sie froh und glücklich sind. Wer das alles versäumt, hat sein Leben verfehlt.«

»Blumen genieße man in Gesellschaft schöner Frauen; am Wein berausche man sich, wenn der Mond scheint in Gesellschaft liebenswürdiger Freunde; das Licht des Schnees genieße man in Gesellschaft hochgesinnter Gelehrter.«

Es hat Menschen gegeben, die nach dem Duft der Chrysanthemen-
blätter sagen konnten, wie groß eine Blüte werden würde, und die
beim Anblick der Wurzeln die Farbe der Blüten voraussagten. Sie
waren die echten Freunde der Chrysantheme – ihr Herz gehörte den
Blumen.

Chrysanthemen am Schattenhang

Den Schattenhang hinauf am Strom in den herbstlichen Bergen.
Wildgänse fliegen.
Mit dem Krug in der Hand erklimmen wir den Hang,
meine Freunde und ich.
Selten geworden in unserer Zeit,
was uns den Mund zum Lachen öffnet.
Chrysanthemenblüten im Haar ihr Blumenkinder,
wenn ihr mich begleitet!

Berauscht vom Chrysanthemenwein
wolln wir den Stunden danken,
die uns frohgemut
hoch bis an den Kamm geleiten.
Was hülfe es, dem Tage nachzutrauern,
der in die Nacht versinkt!

Tu Mu (803 – 852)

Chrysanthemum indicum – oder China-Aster

Es gibt ungezählte Sorten, allein 35, die nur in der Provinz Honan wachsen. Aus Liebe zu dieser vielbesungenen Blume hat man ihr im Laufe der Jahrhunderte poetische Namen gegeben: »Himmel voller Sterne« – »Weißer Gänsefederkiel« – »Trunken vom Pfirsichwein der Unsterblichen« – »Jadegoldbecher« – »Piniennadeln« – »Drachenbart« – »Schnee auf roter Erde«. Die weiße mit roten Streifen nennt man: »Schnee auf rotem Grund« oder »Ein junges Mädchen bewundert den Schnee«; ganz weiße ohne farbige Zeichnung: »Silberschale« oder »Silberglocke«.

Sagt man vom Bambus: Die Vorfahren pflanzten den Bambus, die Nachfahren ruhen sich in seinem Schatten aus, so sagt man von der Chrysantheme: Die Vorfahren pflanzten Chrysanthemen, die Nachkommen trinken ihren Tee.

Blütenpracht

Mit gefülltem Krug im Garten
vor der Blüten Fülle.
Bangend sagt mein Herz:
Könnten die Blumen sprechen
und mir bedeuten, sie blühen nicht
für mich, den alten Mann!

Liu Yü-hsi (772 – 842)

Chrysanthemen

In herbstlicher Pracht Chrysanthemen
von Tao benetzt.
Einsam sitz ich mit meinem Weinkrug in Stille,
im Genuss klarer Reinheit ihrer Blüten.
Der Tag neigt sich dem Abend zu,
Tiere versammeln sich im dunkelnden Hain.
Fern vom Staub der Welt
keine Hast, kein Kummer mehr.

Tao Yuan-ming (365 – 427)
Die Chrysantheme ist dem Dichter Spiegel seines eigenen Lebens. Einsam, in Armut,
dem gesicherten Beamtendasein fern, lebt er in innerer Ruhe. »Sich bescheiden mit
dem Gegebenen« ist seine Weisung an die Menschen. »Träumend empfängt das
Meer den Segen der Nacht«, sagt Tao Yuan-ming.

Chrysanthemenblüte

Aus Himmelstiefen kalter Tau
Baum und Busch erstarren.
Eine Blüte noch allein,
die ihren Duft dem Garten spendet.
Der Wein im Becher
hat mich im Leben nie betört –
Warum sollt' ich warten vor dem Westwind
auf den Boten, der mit Wein zu mir befohlen?

T'sao P'u (um 1500)
Gemeint ist Tao Yuan-ming, dem häufig das Geld fehlte, Wein zu kaufen. Einst saß
er mit einem Strauß Chrysanthemen in der Hand vor seinem Haus, als unerwartet ein
Bote des Fürsten einen Krug Wein brachte – ein immer wiederkehrendes Motiv in
Dichtung und Malerei.

Chrysantheme im Obstgarten

Vorüber die Tage der Jugend,
Jahre der Blüte vergangen.
Trauer und einsame Stille –
Es ist kalt, der vertraute Ort verlassen.

Allein stehe ich in der Mitte des Gartens
im Sonnenuntergang; kühl ist die Abendbrise.
Wintersalat streut Samen schon,
die lichten Bäume verdorren;
trostvoll noch Chrysanthemen,
die am Gitterzaun letzte Blüten treiben.
Ich gedachte meinen Krug zu füllen,
jedoch, im Anblick der Blüten zögerte die Hand.

In den Jugendjahren
wie geschwind wechselten Frohsinn und Kummer.
Im Anblick eines weingefüllten Kruges –
ob Sommer oder Herbst,
schlug fröhlicher mein Herz.

Doch nun, da mein Alter nicht mehr fern,

kommen die Augenblicke der Fröhlichkeit

nicht so geschwind.

So treibt mich das Altern in heimliche Furcht:

Auch der stärkste Wein

wird mich nicht mehr trösten.

So frage ich dich, du späte Chrysanthemenblüte:

Warum blühst nur du, wenn die Blätter fallen?

Wissend, du blühst nicht für mich,

lehrst du mich doch,

meinen Gram zu betäuben.

Po Chü-i (um 812)

Herbstwind

Im Herbstwind fliegen die Wolken,

Bäume und Gräser verdorren.

Südwärts zieht der Wildgänse Schar.

Orchideenpracht und Chrysanthemen verströmen ihren süßen Duft.

Gedanken an die Geliebte begleiten meinen Weg.

Pagoden am Ufer.

Inmitten des Stromes weiße Wellen,

Flöten und Trommeln übertönen den Gesang der Ruderer.

Wehmütige Gedanken bei diesen festlichen Gelagen –

kurz sind die Jugendjahre bemessen –

das Alter ist gewiss.

Kaiser Wu-Ti (157 – 87 v. u. Z.)
Wu-Ti, der sechste Kaiser der Han-Dynastie kam mit 16 Jahren auf den Thron.
Zu diesem Gedicht heißt es: Der Kaiser sitzt inmitten seiner Minister auf der kaiser-
lichen Barke und dichtet.

Herbststimmung

Wie helle Jade, blass von Tau verhangen, scheint der Ahornwald.

In den Zauberschluchten öder kalter Hauch.

Vom Gebirge her ein Wetter hüllt das Land in Dunkel,

der Fluss schäumt auf in hohen Wellen.

Chrysanthemen blühn zum zweiten Mal.

Vergangener Tage gedenkend – fließen Tränen.

Legt mein Boot am Ufer an,

denk ich an den alten Garten, an das Heimathaus.

Emsig schaffen die Weber mit ihren Ellen

und fertigen die Winterkleidung schon.

Wäscheschlagen am Wasser droben –

dumpfer Klang schallt aus der »Stadt des Weißen Himmelsherrn«.

Und immer ist's das alte Lied:

Man muss nicht wie der Herzog Dshing

im Wonnerausch über alle Schönheit dieser Erde

mit bitteren Tränen beweinen den unvermeidlichen Tod!

Du Fu (712 – 770)

Dichterlesung

In der Herbstklarwetterklause hatten sich alle Cousinen des Pao Yü, der Hauptfigur des Romans, versammelt, um über die Gründung eines Dichterklubs zu beraten. An jedem 2. und jedem 16. des Monats sollte eine Dichterlesung stattfinden. Für jede Zusammenkunft wurde ein Thema vorausbestimmt. Zur Gründung – es war die Zeit der Begonien – wurde der Klub nach dieser Blume benannt. Die Begonie war auch das erste Kompositionsthema – das zweite war der Chrysantheme gewidmet. Cousine »Kleine Wolke« heftete die zwölf gegebenen Titel an die Gartenmauer und jedes Klubmitglied durfte sich eines wählen. Die drei besten Gedichte wurden immer bei der nächstfolgenden Zusammenkunft gemeinsam ausgewählt. Zum Thema Chrysantheme war die »Prinzessin von der Bambusklause« – das war der Klubname von »Blaujuwel« – mit ihren drei Gedichten die alleinige Siegerin.

Aus *Hung Lo Mung (Traum der Roten Kammer)*, dem klassischen Roman der Ching-Dynastie (1644 – 1911). Der Roman gilt als eine wahre ethnographische Fundgrube.

Der Chrysantheme gewidmet

Tag und Nacht schleicht er listig umher,
der Kobold der Dichter.
Schleicht an Mauern entlang, hockt am Felsen
und summt seine schelmischen Lieder.
Wenn der Mond am Himmel steigt,
singt der Nachtgeist seine Melodie.
Mein Kummer füllt Seite um Seite –
Wer sagt, was der Herbst uns bringt?
Eines nur ist gewiss seit Tao Yuan-mings Tagen:
Wir wissen von altersher die furchtlose Blume zu schätzen.

Wenn Chrysanthemen schlafen

Frag ich den Herbst, wer gibt Antwort –
Sinnend und träumend lehnst du an der östlichen Bambushecke.
Du Stolze – du Einsiedlerin!
Alle Blumen blühen in üppiger Sommerpracht,
warum du allein so spät im Jahr?
Du ganz allein in frostkühlen Gärten?
Wenn die Wildenten ziehen,
wenn Grillen wehmütige Abschiedslieder zirpen,
schmerzt dann dein Herz?
Sag nicht, du fändest keinen Freund zum Gespräch.
Zu verstehen bedarf es nur weniger Worte –
In dieser Plauderstunde meines Herzens
denk allein ich an dich.

Wenn Chrysanthmen träumen

Die Chrysantheme spricht im Traum,
Herbstwellen erquicken meinen Schlaf,
Wolken ziehen über den Mond.
Wollte nicht neidvoll mich erinnern
an Zhuangzis Schmetterlingstraum.
Eigene Gedanken wandern zu Tao Yuan-ming,
dem wahren Chrysanthemenfreund.
Träumend hör' ich die Wildenten ziehen,
Grillen zirpen in meinem Schlummer.
Schwermütige Gedanken im Morgendämmer.
Welkende Gräser in kalten Nebelschleiern.

Der Schmetterlingstraum des Zhuangzi

Wiederholt träumte Zhuangzi, er sei ein Schmetterling, der frohgemut durch die Lüfte flattere. Und jedes Mal, wenn er aus dem Traum erwachte, fragte er sich: »Träumte mir nun, ich sei ein Schmetterling, oder träumt dem Schmetterling, er sei ich?« Als der Traum sich mehrmals wiederholte, ging Zhuangzi beunruhigt zu Laozi und bat um Deutung. »Warum machst du dir Sorgen?«, sagte Laozi. »Woher kommt dir die Erkenntnis, dass du kein Schmetterling bist, dem träumt er sei Zhuangzi? Weißt du nicht, dass dein irdisches Leben nichts ist als der Augenblick eines Schmetterlingstraumes?«

Das Ruderlied von Kaiser Wu Di

Herbstwinde wehen – weiße Wolken ziehen,

Gräser und Büsche vergilben,

Wildgänse fliehen gen Süden.

Herbstzeitlosen blühen schon

und duftende Chrysanthemen.

Sorgenvoll denke ich an die Geliebte.

Mein hohes Schiff zerteilt die Wellen,

der Huen-Fluss rauscht und schäumt.

Zu Flöten und Pauken sing ich mein Ruderlied.

War je ich zu stolz in meinem Glück,

so schmerzt mein Gewissen heut.

Schönheit und Jugend – wie schnell sie vergehen.

Was könnte dem Altern entgegenstehen!

Han Wu Di (156 – 87 v. u. Z.)

Vater und Sohn

Wang Chi-dshr war ein berühmter Kalligraph. Auch sein Sohn, Hsien-dshr, übte fleißig und wollte es dem Vater gleichtun. Aber wann sollte er's wagen, dem Vater seine Übungen vorzulegen? Immer wieder zögerte er – bis er eines Tages endlich den Mut dazu fand. Er trat vor den Vater, legte dem die Übungsblätter vor und fragte bescheiden, ob es wohl so recht sei?

Der Vater sprach kein Wort – nahm seinen eigenen Pinsel und ergänzte ein Zeichen mit einem einzigen kleinen Punkt. Hsien-dshr war verwirrt – sollte er das als Ablehnung oder Zustimmung verstehen? Er eilte zur Mutter – und die Mutter sah lange auf die Kalligraphie ihres Sohnes, schaute ihn lächelnd an und sagte: »Lustig, nur dieses kleine Pünktchen gleicht dem Pinsel deines Vaters.« Der Sohn hatte verstanden. »So lange werde ich üben«, sagte er zur Mutter, »bis ich alles Wasser aus unserer Regentonne verbraucht habe.«

Als die Tonne noch nicht ganz leer war, hatte der fleißige Sohn das Niveau seines Vaters erreicht und wurde ein ebenso berühmter und geachteter Kalligraph.

In alter Zeit baute man in den Tempelgärten irgendwo immer auch eine kleine Pagode, die nur dazu diente, nicht mehr gebrauchte Kalligraphie zu verbrennen. So sehr wurde Kalligraphie geschätzt, dass man sie nicht einfach irgendwo wegwerfen durfte.

Die Mi-Familie

Mi Fu (auch Mi Fei genannt, 1051 – 1097) ist einer der berühmtesten Maler und Kalligraphen in der chinesischen Geschichte. Er stammt aus einer armen Familie. Aus seiner Kinderzeit ist diese Geschichte überliefert:

Eines Tages kam ein berühmter Kalligraph in die kleine Stadt. Mi Fus Mutter glaubte an die Begabung ihres Sohnes und wollte unbedingt, dass er Unterricht bei einem Meister nähme. Sie wusste aber auch, dass die Lehrzeit viel Geld kosten und ihre Möglichkeiten womöglich weit übersteigen könnte. Dennoch machte sie sich auf den Weg und besuchte den Meister. Der Meister zeigte sich bereit, diesen begabten Knaben zu unterrichten, sagte, seine Stunden kosteten nichts, nur das Papier müsse bezahlt werden und sein Papier sei sehr teuer. Die Mutter erschrak, als sie den Preis erfuhr, aber sie kaufte die teuren Bogen. Der Sohn hatte alles gehört und hatte alles verstanden. Zu Hause angekommen, ermahnte die Mutter ihren Sohn nochmals, sehr sorgsam mit dem kostbaren Papier umzugehen und fleißig zu üben. Sie wagte nicht, den Sohn zu beobachten, ließ ihn in Ruhe und Stille arbeiten – und der junge Mi Fu übte und übte unermüdlich bis tief in die Nächte hinein nach des Meisters Vorlagen. Die Mutter hatte immer wieder neue Vorlagen abgeholt und neue Bogen des kostbaren Bambuspapiers gekauft. Als schließlich bekannt wurde, dass der Meister die Stadt wieder verlassen würde, erst da wagte die Mutter, den Sohn nach seiner Arbeit zu fragen. Keinen einzigen Bogen hatte Mi Fu benutzt – kein einziges Zeichen geschrieben. Auf ihre verzweifelte Frage antwortete der Sohn: »Mutter, ich weiß doch, wie teuer du die Bogen bezahlen musstest, und das tat mir so weh. Da habe ich all die Tage und Nächte nur vor den Aufgaben des Meisters gesessen und nur im Geist und im Herzen geübt – jetzt werde ich einen Bogen benutzen, und den bringen wir am Abschiedstag zum Meister.« So geschah es – lächelnd sah sich der Meister das Werk seines Schülers an und überreichte der Mutter schweigend einen kleinen Beutel. Darin waren alle Silberlinge, die Mi Fus Mutter für die Papiere bezahlt hatte.

Mi Fu wurde der erste Dekan der Kaiserlichen Malerakademie »Hua Yuen«. Zu seiner Zeit wurde ein anspruchsvolles Prüfungssystem eingeführt, in dem Kenntnisse von Poesie und Philosophie für die Beurteilung eines Malers ausschlaggebend waren. Seither gilt: In der Dichtung gibt es Malerei – in der Malerei gibt es Dichtung; weg vom Gegenständlichen – hin zu Poesie und Philosophie!

Für die alljährlichen Aufahmeprüfungen gab die Kaiserliche Akademie neue Themen bekannt. Erstmals wurden nun Verse aus Gedichten anerkannter Poeten als Prüfungsthemen ausgewählt. Wenn ein Kandidat sich lediglich an den Verstext hielt und nur diesen wortgetreu darstellte, hatte er kaum Chancen. Wer aber das Unnennbare, das Transzendente eines Verses bildlich darzustellen vermochte, wurde als wahrer Künstler eingestuft. Dafür zwei Beispiele, die heute noch jeder Gebildete in China kennt:

Erstes Beispiel: »Blütenblätter auf allen Frühlingswegen – Reiters Heimkehr – Blütenduft am Pferdehuf.«

Die beste Note wurde dem Künstler gegeben, der ein galoppierendes Pferd gemalt hatte, um dessen Hufe bunte Schmetterlinge flatterten.

Zweites Beispiel: »Verlassener Strand – menschenleer – quer zum Ufer legt sich die einsame Fähre.«

Der Sieger im Wettbewerb um dieses Thema hat eine Landschaft mit Berg und Fluss gemalt und einem Fährboot, das quer zum Ufer angelegt hatte. An der Darstellung des Fährmannes erkannte man, dass keine Fahrgäste mehr erwartet wurden: Er blies seine Flöte, und die ganze Stimmung strahlte eine betont heitere Gelassenheit aus.

Auch dieses alte Thema wird seither immer wieder von zeitgenössischen Künstlern dargestellt. Ein Maler unserer Tage ist Li Xiao Shun, mit seiner »Fähre am einsamen Ufer«.

Wir fügen ein drittes Beispiel an, das in feinsinniger Weise von einem Künstler unseres Jahrhunderts dargestellt wurde – die »Elternliebe« von Chang Hen: Zwei Schmetterlinge fliegen hinaus ins Leben, gehalten vom Band der Elternliebe.

Inhalt

Bambus

Chrysantheme

Bildnachweis

Theseus im Internet: http//www.Theseus-Verlag.de

Die Deutsche Bibliothek – CIP- Einheitsaufnahme

Steenberg, Carla:
Über die Bambusbrücke : chinesische Miniaturen / Carla Steenberg ;
Hu Hsiang-fan. [Ins Dt. übertr. von Carla Steenberg und Hu Hsiang-fan]. –
Berlin : Theseus-Verl., 2000

ISBN 3-89620-147-6

Ins Deutsche übertragen von Carla Steenberg und Hu Hsiang-fan

Umschlaggestaltung: Morian & Bayer-Eynck, Coesfeld unter Verwendung
eines Aquarells von Li Xiao Shun, »Fähre am einsamen Ufer«
Lektorat: Karlheinz Bernhard Grunwald/Ursula Richard
Gestaltung und Satz: AS Satz & Grafik, Berlin
Druck: Westermann Druck, Zwickau

Printed in Germany

ISBN 3-89620-147-6

Gedruckt auf alterungsbeständigem Papier mit chlorfrei gebleichtem Zellstoff